KB151835

저 무수한 빛 가운데 빛으로

작가마을 시인선 64

저 무수한 빛 가운데 빛으로

초판인쇄 | 2023년 12월 10일
초판발행 | 2023년 12월 15일

지 은 이 | 배동욱
펴 낸 이 | 배재경
펴 낸 곳 | 도서출판 작가마을
등 록 | 제 2002-000012호
주 소 | 부산광역시 중구 대청로141번길 3, 501호(중앙동, 다온빌딩)
서울시 도봉구 도당로 82(방학1동, 방학사진관 3층)
T. 051)248-4145, 2598 F. 051)248-0723 E. seepoet@hanmail.net

ISBN 979-11-5606-247-9 03810 정가 10,000원

작가마을 시인선 64

저 무수한 빛 가운데 빛으로

배동욱 시집

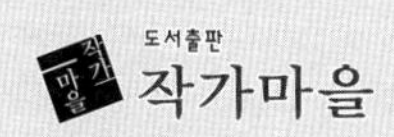

시인의 말

바람이 시키는 대로
손가락을 펴니
바람이 잡힌다.

놓을 때에야 잡힌다는
바람의 말에
자꾸자꾸 손가락을 편다.

두 번째 시집을 펴내며
내가 나를 비워내고
비워낸 나의 뒷모습이
멀어져 가는 것을 오래 지켜본다.

차례 — 배동욱 시집

2부

3부

4부

작가마을 시인선 064

저 무수한 빛 가운데 빛으로

1부

나도 비어가는 것들의 노래가 되어
저 무수한 빛 가운데 빛으로
꿈인 듯 환청幻聽인 듯 흔들리며
오래
서 있고 싶다

—「강江의 노래」에서

계약 종료

내리고 타고 타고 내리고
타고 내리고 내리고 타고

승강장 옆에서 그 모양 지켜보며
어지럼증에 이마를 짚고 섰던
지하철역 옷가게

어느 날 내려진 옷가게 문에
붙은 안내문,

‘계약 종료’

이 염천炎天에
얼마나 시원한 한 마디인가

계약 종료 따위 아랑곳없다는 듯
오늘도
내리고 타고 타고 내리고

거리에서

가로수와 전봇대 사이
우두커니 선
우연한 풍경
닮는 줄 모르게 닮아가는
저 고요한 퇴색
내 곁의 우연한 내가 나에게
인사를 건넬 때마다
함께 퇴색해가는 거리
우리들 뒤로
밤이 가고 낮이 오고
지나온 길
앞에 놓인 길
우연히 세상에 온 것들 모두
마주 보며 닮아간다
밤낮없이 뿌리를 갉아먹히며
간지러워라 간지러워라
엎어지며 닮아간다

봄, 세상

열어다오
가슴 두드리는 빗줄기에도
문門 열지 않고
봄 햇살 한 줄기도
들여놓지 않았다

전생과 금생이 포개져
해마다 환생하는 봄
여기도 거기도
사는 게 아닌데
환생하는 세상, 환장하는 세상

꽃 피고 바람 부는 날
꽃아, 나를 위해 피지 말아라
세상은 금세 낡아 끝내
알지 못할 것들만이 영원하므로

꽃비 내리는 봄

봄이 오는 집 현관에는
아젤리아 히아신스 철쭉이 피고
저편 세상 입구에는
손등에 꽃이 핀다

돋보기로 보면 꽃 한 송이가 온 세상이라며
주름진 당신의 얼굴이 웃을 때마다
살구꽃 핀다
살구꽃 진다

꽃이 지면 열매라도 달리겠지만
손등의 꽃은 질 줄도 모른다고
밤낮없이 꽃향기에 취한다고
웃는 당신

돌아오는 길 위로
눈비가 내린다
꽃비
내린다

식탁 위 젓가락

모세혈관까지 흐른 피가 다시
심장으로 돌아가듯
집으로 돌아가는 길
저마다 발걸음 소리로 모스 부호를
타전한다

술을 마셔도 목이 마르다
지난해, 지난달을 기억하지 못하겠다
부르짖어도 들어 줄 사람 이젠 없지만
돌아설 수도 없어
벼랑 끝까지 간다

희망과 절망이 젓가락처럼
서로 만나는
젓가락질 눈물겨운 저녁 식탁
소리들의 만찬

* 모스(Mors) :
1. 죽음, 시체, 파멸 등을 의미하는 라틴어. 로마 신화, 문학 등에 등장하는 죽음의 여신.
2. 토트 (점)와 대시(선)의 조합으로 구성된 메시지 전달용 부호로, 모스(미국)가 고안.

빈 들이 되어

저 먼 산 능선은
끝내 걸어 보지 못하고
바라만 보게 될 곳

두 뼘 밖의 것들은 모두
그러하다 오래 길들었어도
잎이 나무를 떠나듯
떠나고 떠나보내는 것들

태초부터 불던 바람은
세상 모든 집의 틈서리로 우우
짐승처럼 밤낮 울고

잘못 내린 낯선 정거장
막다름이 되레 정겨워지는
길 밖의 길에서는
신神의 사랑도 때때로 사레가 들리고
어느 날 너와 내가 빈 들이 되어도
약속의 땅이 아닌 남의 땅
가난한 들 위로

한사코 해가 뜨고
별이 내린다

강江의 노래

햇살이 물수제비뜨는 강江
금빛 물비늘 타오르는 불꽃에
눈이 멀고

강가의 숲
물결 위로 바람이 불고
고음과 저음이 일렁이는 빛의 노래
귀 밖의 귀로만 듣는
흔들리며 멈춰 선 다른 세상
모든 통증痛症이 사라지는 세이렌의 노래

나도 비어가는 것들의 노래가 되어
저 무수한 빛 가운데 빛으로
꿈인 듯 환청幻聽인 듯 흔들리며
오래
서 있고 싶다

* 세이렌(Seiren): 그리스 신화에 나오는 바다의 요정.

타인他人의 세상

밤낮 같이 숨을 쉬고 같이 일을 해도
이 도시의 아무것도
내 것이 아니다
눈길이 닿는 것들을
내 것이라 우기고 싶다가도
어림없는 생떼인 줄 안다

아무것도 갖지 못한 나는
아무것도 아닌 것이 되어 가는데
내가 나를 가질 수도 없어
언젠가는 앗기고야 말 시간들만
별처럼 깜빡일 뿐
내가 내 것이 아니므로 외로운 줄을
이제야 안다

냉장고

냉장고 어느 날 멈춰 서고
냉기 뿜던 시간 멈춰 서고
흐르지 않는 것들은
밑바닥부터 썩는 줄
알면서도 몰랐다

썩는 냄새 지겹고
지겨운 시간 이내 시시해지고
냉기를 뿜을 줄 모르는
냉장고 속 모든 것들이
줄줄이 시시해지고 있다

냉장고는 있어도 냉기가 없다
세상은 있어도 생生이 없다

바람의 문門

길바닥에 노란색 빗금을 친
삼각형 또는 사다리꼴 모양의 도어
세이프티존이라 부르는 앨리스의 문門

지은 지 오래된 건물에는
눈에 보이는 것보다 수십 배나 많은 문이 있어서
저마다 주인을 잃은 기억들이
밤낮없이 수선스레 드나든다

어쩌면 내 낡은 몸에도
저처럼 많은 문이 있어
나도 모르는 수많은 기억이
서로 스칠 때마다
우수수 바람소리를 내는지 모른다

엑소더스 Exodus 1

일하는 틈틈이 사무실 복도로 나와
창에 붙어 서서 밖을 내다보면
창밖 세상이 삼투압처럼 밀려 들어와
이편의 내 자리를 다 차지하고
나는 이방인이거나 기껏 세입자에 지나지 않는다

내가 성경이나 반야심경을 여는 것이
세상에서 살기 위함이라고 말한 적 없다
(내가 예수이고 부처라도 견딜 수 없는 일은 이 세상에서 사는 일이다)
다만 시시포스보다 교활한 얼굴로
성경이나 반야심경을 털어내는 것이다

문을 열어다오
문을 열어다오

나는 수천 년간이나 아직
문을 여는 주문呪文을 찾아내지 못했다

엑소더스 Exodus 2

제아무리 높고 수려한 산이라도
한 무더기 돌과 흙에 지나지 않고
시간은 허기진 짐승에 지나지 않는데
우리 언어는 혼잡하여
서로 알아듣지 못하므로*
저마다 피부를 들추어
속속들이 하얀 뼈를 드러내 보이지

밤이 밀려오면
너와 내가 둘러친 몇 겹
울타리도 무용지물
세상은 그래라 바람에 흔들리며
제멋대로 춤추는 꼭두각시이고
지하철 터널 속에서
까만 장미가 나비처럼 쏟아져 나오고
사람이라는 것의 생긴 모양이
하염없이 슬프고도 우스워

네 이름을 내가 지어주면
너는 내 것이라는

오래된 미신이 여전히 유효한가 보라

세상의 안팎에서
이름을 잃어버린 것들
서로 다르고 서로 같은 것들이
뒤엉켜 흔들리며
솟아오르고 기어 다닐 때
너와 내가 서 있는
여기는 어디인가

* 자, 우리가 내려가서 거기서 그들의 언어를 혼잡케 하여 그들로 서로 알아듣지 못하게 하자 하시고 여호와께서 거기서 그들을 온 지면에 흩으신 고로 그들이 성 쌓기를 그쳤더라 그러므로 그 이름을 바벨이라 하니 이는 여호와께서 거기서 온 땅의 언어를 혼잡케 하셨음이라 여호와께서 거기서 그들을 온 지면에 흩으셨더라.(창세기 11:7–9)

흐린 날의 편지

1.

하늘이 흐리면 세상이 흐린 줄 이제사 알겠다
흐리던 하늘 빗방울 떨구고 집 앞길 젖는데
타박타박 사람 하나 지나가고
맑은 날의 슬픔 모여
젖은 길 자꾸 적신다.
골목길만 벗어나도 분주한 아침인데

길 위로 흐린 하늘 흐린 얼굴들
빗방울 속 낱낱이 흐려지다 사라지고
담장에 개나리 움트고
흐린 날에는 개나리라도 있어야겠다마는
흐린 날에는 내 속의 흐린 것들이 빠져나와
갓난 짐승처럼 흐린 날 속으로 달아난다

비가 내리기 시작하면 길도 흘러내려
길 위를 밟아오던 세월 다 사라지고
속엣것 다 빠져나간 빈껍데기 소라고동마냥
바람에 굴러다닌다.

2.

지금 퇴근 중입니까
퇴근 중이군요
출근보다 퇴근이란 말이 더 그럴듯합니다
그럴듯하게 퇴근 중입니다

내가 퇴근해서 가는 곳이 혹
그대와 같습니까 같군요
같은 곳으로 퇴근하는
우리는 그럴듯합니다

죽어 하늘의 별이 되지 못한 것들도
때 이르면 짐승들과 함께
돌아가 눕는 자리
돌아갈 곳보다 더한 소망이 있을까요
그만 돌아갈 곳이 있다는 것
고통을 반납할 수 있다는 것

3.

낮인데도 캄캄하다

캄캄한 거리에
그대는 얼굴 대신 무엇을 걸어놓았나
오 가여운 그대

아침마다 해는 떠오르지만
해 아래 새로운 건 없고
들릴라를 사랑한 삼손의 두 눈을 파묻은
바로 이 자리에서
인생은 대박이 나야 해

해 아래 새로운 건 없고
똑똑한 솔로몬
아픈 건 너고
비명을 지르는 건 나다

소리, 이미지

방과 마루를 오가며
방과 마루를 오가는
소리는 남고 나는 사라진다

밀물인가 밤이 다가서면
뒷걸음질로 밀려나
오슬오슬 잊혀 가는 소리

그러나 아침 햇살 들고
눈길 저만치 잠잠히 선
날갯짓 소리 어림의
그 끄트머리

한 사람이
강江가운데 앉아
젓는다

사랑도
물 밑으로
물 밑으로 내려가

소리 없이 흐르는 세월

몰아치는 바람
안으로만 흘려내는
선善하기만 해라
강江의 눈

설날 화두話頭

1.
일 년 열두 달
삼백육십오 일 밤낮
눈이 내리고 비가 뿌리고 바람이 불고
해가 뜨지도 지지도 않는
방위가 없는 이곳은
당신들이 볼 수 없는 이곳은
당신들이 알 수 없는 시간이다
당신들이 살 수 없는 세상이다
좌표座標로 그려진 당신들의 산에는
꽃이 피지 않는다
새가 울지 않는다
그뿐이다

2.
그 음악을 듣고 싶지만 들을 수가 없어
듣고 싶은 음악과 들을 수 없는 음악 사이로
창세기부터 계시록까지의 심연深淵이 가로 놓인다
소리란 소리는 죄다 숨소리마저 죽이고
아침부터 밤까지, 밤을 넘어 새벽까지
삭발削髮을 한다

2부

살고 싶다고 한 적 없는데
어떻게 살 거냐 다그치는 아침도
아침 해의 그물도
비었을 때가 가장 아름답다

–「그물」에서

강江의 깊이

강江 속 깊은 곳에서 자라는 물풀이
강을 붙잡아 매는가
물풀보다는 강의 깊이일 터이다

강에는 어김없이
흐르지 않는 깊이가 있다

흐르지 않는 것은
잠드는 일
지금까지의 시간을 내려놓는 일
신발을 가지런히 벗어놓는 일

산다는 것쯤
나란히 앉아 강의 깊이를 들여다보는 일

나무 이야기 1

나무들 하나둘
숲을 떠나
머언 길 저편으로 사라지고

숲도 나무도
서로 잊혀 가는데
하늘은 푸르고
숲도 나무도
푸른 강江으로 흐르고

나무처럼 설움을 키우던 일 모두
바다로 가고
이곳은 여전히 기억 속에서
비 내리고 바람 부는 일들
눈으로 내리고

갓 태어났을 때 말고는
주먹 한 번 꽉 쥐어 본 적 없는
강
바다

나무 이야기 2

돌아설 때가 와도 돌아서지 못한
문밖의 어둠은
밝아오는 새벽에 기어이
뚝 떨어지는 눈물일 것이다

주소도 전화번호도 잊은 백치 같은
세월이 흐르고
읽히지 않는 바코드는
아무것도 꽃 피우지 못한
마른 나무들로 서고

혼魂들 아지랑이로 피어오르지도 못하는
마른 땅에서
그처럼 참담한 사랑 다신 하지 말고 그저
강으로 바람으로 흘러라

그러면 그저 이렇게 얘기하자

그것은 마른 땅 위의 한 그루 마른 나무
안으로만 흐르는 피가 강江이 되어 흘러도

아무것도 꽃 피우지 못하고
읽히지 않는 수상한 바코드

시간의 잿빛 뼛가루 같은 것
자리를 걷어 홀로 길 떠나는
저문 날이
아무것도 아니라 귀띔하는

그물

밤이 깊을수록 빛나는 별마냥
그대는 이곳저곳
꽃으로 마구 피어나는구나

아침마다 해 뜨는 바다는
푸른 비늘 번뜩이며 퍼덕퍼덕
빠져 달아나고
더는 거둘 것도 가둘 것도 없는
빈 그물을 든 해의 미소

살고 싶다고 한 적 없는데
어떻게 살 거냐 다그치는 아침도
아침 해의 그물도
비었을 때가 가장 아름답다

새해 인사

내 차가 앞으로 가는가 옆 차가 뒤로 가는가
내 차가 뒤로 가는가 옆 차가 앞으로 가는가
모를 때처럼
한 해가 가고 한 해가 오는데
가는 해와 오는 해 틈서리
흰 눈 날리는 어느 창窓 안
귀향 차표 매진을 알리는 빨간 ×표가
컴퓨터 화면에서 깜빡거린다
차표가 매진되면
사라지는 길
언젠가 보내었던 새해 인사가
둥근 지구를 돌아
다시 내게 돌아오던 길

새해는 매진되고
새해 인사는 저만치
흰 눈으로 날리고 있다
손만 흔들고 있다

여름날 오후

밖으로 난 창을 열자 후욱
열풍이 불어 닥친다
네 가슴이 뜨거운들 나보다 뜨겁겠느냐

가슴속 온도를 재보는
여름날 오후의 창가

그러다가도 별안간 억수같이 비 쏟아져
땅바닥보다 더 세게
가슴을 두드린다

가난한 가슴속으로
열풍이 불고 비가 퍼붓고
창밖으로 그림자 하나
다리를 끌며 점점
멀어지고 있다

호주머니의 속삭임

언제나처럼
너는 내 것이다
너는 내 것이다

꽁꽁 언 손이건
맞잡을 손 없는 손이건
갈 데를 몰라하는 손이건
들판을 종일 가로질러 온 찬바람이건

네가 있어야 할 곳들을
죄다 모아 둔 곳
그때 그 골목처럼
그 대문처럼 혹은
네가 발로 툭 차서 떨어뜨린
풀잎의 이슬처럼
나는 있다

늦은 봄날 저녁

같이 살다 같이 죽는 게 사랑이다
꼬드겨
새장 속 백문조로 나란히 앉아
노래를 한다

지난날은 아름다웠지
꽃보다 고왔지
찬란했던 꿈들 한 몸 가득
향기로웠지

옛 여가수의 노래가 있는
봄날 저녁
오래전부터 이만치서 바라보는 눈에
멀어져 가는 하늘
멀어져 가는 바다

그러다 누구에게라도
막걸리 한 잔 따라 건네고 싶은 밤
멀어져 간 거리가 남겨둔 곳에서
울컥울컥
술 들이켜는 밤

마른 가슴

오랜 가뭄 말라붙은 강바닥
졸졸 물 흐르는 소리
떼그르 떼그르 자갈 구르는 소리
달려가 보면
마른 강바닥
돌아서면 다시 울리고
다시 돌아서면 또 울리는 소리

가슴 속 강이 흐르고
자갈이 구른다 믿었는데
어느 날부터 들리지 않는 소리
강물을 찾아
오늘도 가슴 속을 파헤치고 있다

나의 새는

가슴을 안은 등이 떠밀려
떠나는 길은
늘 비가 내린다
아무리 해도 나아지지 않는
인사人事

난 세상에서 가장 높은 곳에 살아
중력重力의 긴 다리를 스스로 잘라내고
내게서 빠져나와
갈매기 조나단*보다 더 높이
날마다 날아올라
나를 떠받치는 양력揚力은
다리를 잘라내는 꿈의 공간에서 나오지

나의 새는
마지막 순간에 날아오른다

* 갈매기 조나단 : 리처드 바크의 소설 「갈매기의 꿈」에서.

그리움으로 죽는 바다

바다는 눈에 담아 갈 수 없다
가슴에 담아 갈 수 없다
비워낸 가슴을 채워 온 것은
물빛으로 넘실대는
그리움뿐

네가 그리워 바다에 와도
너는 못 본 척
섬과 놀고 갈매기 떼랑 놀고
내가 갈 수 없는 수평선 너머에서 놀고
바다 기슭 소나무와 놀기에 바쁘다

너무 가까운 것은 보이지 않아
다가설 때마다 너는 사라지고
다가서는 만큼 멀어지는 거리
네게 와도 만나지 못하고 마는
바다

창밖을 그리다

처음 내다본 창밖은 검은 산 촘촘한 산수화에 지나지 않았다 다시 내다보았을 때 사람의 마을이 있는 풍경화를 닮아 있었다 풍경 속에서 건물과 건물 사이에 팽팽하게 걸린 길 위의 것들은 어딘가를 향하는 인물화가 되어 멀리서 내게 손을 흔들었다 나도 마주 손을 흔들었다 하지만 손 흔들던 얼굴들 흐르며 지나가 이내 정물화 속 점묘법으로만 남고 점점 창밖은 멀어져 추상화가 되어갔다 그리기에 싫증이 날 무렵 이제는 창밖의 모든 것이 싫증을 내며 나를 보고 있는 것을, 이미 제자리를 떠나 처음으로 되돌아가지 못하고 말라붙은 물감으로 바삭거리는 슬픔이 되고 만 것을 알았다 나는 창밖을 그리던 붓을 내려놓았다 창밖은 아직 창세기 이전이고 나는 여전히 혼자였다

낄낄대고 싶네

지귀志鬼가 환생을 했나
펄펄 끓는 붉은 심장을 꺼내들고
날 봐라 날 봐라
미친 여름이 숨 돌릴 틈을 주지 않네

플라타너스이파리는
뜨거운 얼굴을 푸른 하늘에 마냥 부비고
길을 오가는 여자들 가슴에 매달려
하악 하악 젖가슴 출렁대는데
옆집 담장 위로 올라선 능소화는
늘어져 누운 길의 겨드랑이를 간질이며
얼굴이 주황빛으로 달아오르도록 낄낄대는데

산 너머 너머 벗이 보내온
매실주 한 잔 가득 앞에 두고
혼자 앉아 생각하면
이 답답한 인생아

술에 취해서라도
얼굴 부비고 출렁이고 간질이며

마음 놓고
그렇게 마음 놓고 낄낄대고 싶으네
낄낄대다가
한여름 비로 좌악 좍 내리고 싶으네

어떤 부탁

부탁하건대

그대는 나와 같이 시퍼런 눈빛으로
내 피부를 가르라
내 것인 양 여겨오던 것들이
샅샅이 갈라져 내 것 아닌
그것이 될 때까지

그리고 다시 날을 세워
뼈를 발라다오
선線마저 버리고 점點이 될 때까지
이어지지 못하는 기억으로
낱낱이 흩어질 때까지

기억도 한 겹 피부에 지나지 않고
뼛속을 후비고 지나가면
그뿐인 통증인 것을
알게 될 때까지

나를 흔드는 것
– 무엇에 흔들리어 여기로 온 것이냐

지하철 순환 2호선에서 깜빡 졸면
출발역 이전의 역에서 다시 출발하듯
흔들리어 흘러온 곳 무엇이 나를 흔들고
나는 무엇을 흔들고 있는가

지하철 승강장 스크린 도어의 선로 위
허공에 둥둥 떠 있는 너는 열차가 덮쳐 와도
가슴 뛰지 않고 태연한 너는 내가 떠난 뒤에도
오래 그렇게 있을 것 같은 너는 나와 함께
땅끝 마을도 다녀오고 내가 안기지 못했던
노모老母의 가슴에 안기기도 하고
손잡고 나들이도 하는 너는
모든 원인은 다 내게 있다고 자유롭기만 한 너는
만질 수 없는 세상의 너는

나도 나를 지나게 될 것이다
지나가는 내가 사라지는 너에게 인사를 한다
남는 자 사라지는 자 있음과 없음 사이에
뭐라도 있어야 되겠다고 항변하는 오늘 하루
내 연鳶은 어느 하늘 먼 곳을 바람으로만
떠돌고 있는 것이냐

작가마을 시인선 064

저 무수한 빛 가운데 빛으로

3부

허기지다 허기지다 끝내
아무것도 아닌 것이 되어도
몸속 여전히 퍼덕이는
부드러운 날갯짓

―「아침에」에서

아침에

아침 창밖 새소리에
몸속 혈관 벽에 새겨진 날개 퍼덕이고
햇빛 비치면 몸 안 여기저기 물가로
해 여럿 떠오른다

그대의 시선 끝 멀리 매달린
하늘보다 바다보다 망망한
그런 세상

허기지다 허기지다 끝내
아무것도 아닌 것이 되어도
몸속 여전히 퍼덕이는
부드러운 날갯짓

술 또는 노래를 위한 서언序言

내가 노래를 하는 것은 나를 위한 것도 그대들을 위한 것도 아니네
내가 술을 마시는 것도 나를 위해서나 그대들을 위한 것이 아니네
술을 위한 술이거나 노래를 위한 노래는 더욱 아니라네
밤낮으로 나를 스토킹하는 외로움 때문도 아니고 어느 날 보아버린
그의 미소 때문도 아닐 것이네 나이 들어 소리내 울지 못하는 슬픔
때문도 혹은 이 땅에 생겨나 스러지는 것들을 위한 조상弔喪도 아니네
클라라를 사랑하는 마음으로 살아간 브람스나 달빛 소나타의 베토벤
때문도 아니라네 맑을수록 슬픔을 더 잘 보게 되는 눈빛 때문도 아니네
낮이건 밤이건 온몸을 태우는 불길 때문도 사색의 끄트머리에 가 닿는
절망 때문도 아니네 내 노래와 술은 나와 그대들의 귀에 닿기도 전에

한 자락 바람으로 사라지거나 한 줄기 강江으로 비껴
흐르네 노래와 술은
단 한 번도 나나 그대들의 것이 되어 본 적이 없다네
그것들은 우리에게
늘 변두리 같은 물음일 뿐이라네 오늘 밤 그대를 생
각함과 같이

에피소드Episode

1.
리모컨 쿡
해가 뜬다
쿡
해가 진다
다시 쿡
달이 뜬다
별이 뜬다
또다시 쿡
바람이 분다 나무가 자란다
소리 조정 쿡
비행기 소리부터 풀벌레 소리까지 다 들린다
반복 쿡
무수한 아침이 생겨나고 또 생겨난다

그럼 어디 돈 쿡

어디 사랑 꾸욱

2.

느티나무 은행나무 사백 년 동안 아침마다
죽지도 못하는 고단한 얼굴로 고개를 든다
아침거리를 찾아 새벽부터 길을 나섰을까
새끼 밴 고양이 한 마리 앞을 가로지른다
참새 까치 소리 개나리 벚꽃 소리가 소란스럽다
버릇처럼 호주머니에 손을 넣어도
지난밤 꿈속에서 잃어버린 퍼즐 조각은 만져지지 않는다.
봄이 희망이 아니듯 더는 희망이 아닌 아침에
남들 내려가는 언덕길을 오르는
노숙자일까 주름살마다 때가 낀 남루한 여인

3.

네가 입는 바지를 다 말할 수 있어
청바지, 와인, 그레이, 고동색, 블랙…
늘 입는 검정 폴라티와 하얀 얼굴과 보기 좋은 콧날,
그 긴 허리까지 명확히 말할 수 있어
사물은 그토록 명확하여 명확한 그 속에서 살 수가 없다면

떠나야 해

(나란히 앉아 한 방향을 본다고 믿었다가 실은
그저 마주 보는 것에 지나지 않는다는 걸
알았을 때 오래 버티어 오던 세상 하나
간단히 허물어지는 것이라면
처음 보는 나에게 너는 뭐라고 하겠니?)

술 깨기 전에

길을 나서야 하네
술 깨면 사라지고 마는 길

아무도 가지 못한 길
아무도 모르는 길
모든 것이 떠나는 길에는
걸음마다
뚝 뚝 꽃잎 떨어지고
따뜻하고 눈부신
그 향기로운 숨결에
가슴 속 한사코 알싸할 테지

떠나보내지 않으면
떠날 수 없네
떠나지 못하면
흐르는 세상 어디에도
머물 수 없네

술 깨기 전에
길을 나서야 하네

취醉한 눈으로

– 색즉시공色卽是空 (5)

하나님 당신이 주차해 놓은 자동차 밑에서
어울려 들까부는 저 고양이,
한 마리 두 마리

쉬는 법 없이 당신이 젓는
보트 안으로
퍼내어도 퍼내어도 차오르는 물,
이러다가 가라앉고 말겠네

당신의 아침에
복되고 형통하리로다 밑으로 내비치는
헛되고 원통하리로다 어쨌거나
닭은 목청 돋우어 새 아침을 알려야 하므로

매운탕이 나오면 광어건 돔이건 회가 끝났다는 거,
맞지?
회도 못 먹었는데 이런저런 매운탕으로 지레 얼큰해
지겠네
이것 봐 하도 매워 눈물 콧물 나네

이승의 것들 하나씩 툴툴 털어
저승의 볕 잘 드는 담벼락에다
한나절 그리움으로나 걸어 두겠네

짧은 노래

1.
마지막 날

어느 날 아침
사랑이
떠나간 발자국을 보거든

침묵할 것

2.
자라면

그리움이 자라면
외로움이 자라면
밥이 된다
술이 된다

내색하지 말 것

ㄲ 씨氏의 문제풀이

버티느라 헐거워진 못에
장도리 들이대듯
어허디야, 정년퇴직을 통보받은 다음 날
어허디야, 주인집이 방을 빼달라던 다음 날
못에 매달린 옷들 후줄근해지고
소리 없이 무너져 내리는 벽

집을 구하러 집을 나선 그는
멀찍이 길 떠나는 유목민 무리를 보자
까치 소리로 운다
"먹고 자고, 자고 먹고 이 순간이 꿀맛!"
온 세상이 후렴을 한다
"오, 주여! 나무아미타불! 약속하신 땅을 주소서! 관세음보살!"

까치는 울고
어허디야, 유목민 모두 떠난 자리에서 ㄲ 씨氏는
'허수虛數의 집합 A의 원소 행복의 덧셈 항등원을 구하라'는
문제풀이에 골몰하다

하루

1.
날이 찼다 바람은 없었다
사무실 안에 가두어 둔 하루가
졸고 있었다
나는 모른 척 신날 일도 없는 일을 만지작거리며
종일을 탕진했다
탕진한 나와 탕진 당한 하루가
퇴근 무렵 만나 인사를 나눈다
수고했노라고 살펴 가시라고
집으로 오는 길 졸음은 꿀처럼 달기만 하고
그냥 이대로 잠들면 안 될까

졸린 눈, 졸린 시간
그대에게 닿기까지
머릿속을 빙빙 도는 말
"무슨 계획 있어?"

2.
나의 하루와 그대의 하루가 만나
달콤하게 입맞춤을 하는

눈부신 시간
실은 그대나 나나 아마추어인 입맞춤
오랜 세월이 지났어도
잘 배우지 못한 그것
매양 머뭇거리기만 하는
이 서툰 사랑은 무언가?
우리의 서툴디서툰 입맞춤으로도
새처럼 날아오르는 사랑을 만들 수 있을까
죽음보다 무거운 중력의 세상에서

한 시간의 주말 기행

나는 뒷산 자락의 흙이 되어
그대가 퍼 담는 한 줌 생명이 되는 것이네
나는 하늘로 난 길이 되어
까지랑 참새랑 어울려 날기도 하는 것이네
나는 또 진한 막걸리가 되어 그대의
가슴 언저리를 살짝 데우기도 하는 것이네

그대가 아니면 아무것도 아닌 날
흙 내음 달콤하고 하늘은 빛나고
시큼한 막걸리 향으로 불그레하기도 하여
고백도 증언이 되거늘 색즉시공이란
윤회를 모르는 변변찮은 진통제이거나
한갓 소화제감이네

아무도 보지 않는 작별 인사를 쓰느라
저마다 골몰하는 것이지만
해는 동에서 서로 지느니
그대는 그저 잠시 잠깐
기우는 내 그림자나 흘낏
보아주고 가소

〉

이내 어둠이 내리고
세상 그 무엇도 피할 수 없는 어둠이 내리고
모든 것은 사라지고
꽃은 피어날 것이네

길 밖의 길

어쩌면 기다림과 한 몸이었을
길 위에서
당신에게 달려가는
뜨거운 질주疾走가 된다
지금 수유역이라 전하며

기일忌日 밤, 영상 속 어머니를 보던 눈이
수유역을 읽는다
영상 속에서 나를 바라보던 어머니의 눈이
수유역을 읽는다

길 위에서
길 밖의 길을 만난다
당신을 만나고
어머니를 만난다
당신에게 가는 길
어머니에게서 오는 길

길 위에서 웃다가

길 밖에서 울다가
가는 길

* 수유역水逾驛 : 서울시 강북구에 있는 전철역 이름

비 오는 날의 편지

내가 사는 언덕으로
천둥이 밤새 울고
벼락이 치고
지금껏 장대비 퍼붓습니다

어느 틈엔가
금이 간 마음 벽 한쪽으로
빗물이 새어듭니다
몸에는 파랗게 지느러미 돋아납니다
생각은 한 줌도 모이지 않고
빗물처럼 빠져 달아납니다
조문도 석사가의朝聞道 夕死可矣의
순수한 파산破産도 힘을 잃고
희망은 여전히 속되기만 합니다

운수좋은 날*
샴쌍둥이인 나와 내가
안팎에서 서로
내다보고 들여다봅니다

친구가 묻습니다
저기 저 꽃이 생화生花냐 조화造花냐?

* 운수 좋은 날 : 현진건의 소설

공생共生하는 영혼

고양이는 길들이기 힘든 짐승이라지 아마
어느 날 쥐도 새도 모르게 사라졌다가
(쥐도 새도 고양이 먹이가 된다)
입가를 혀로 쓰윽 핥으며 나타나는 그것

사방이 틔어 있는 광장도 아니고
이곳은 여의도에서도 빌딩숲 속
이것이 어디로 가서 무슨 짓을 하다 왔는지
모르거니와
알아도 저 딴청 앞에 무얼 어쩌랴

오늘도 출근하자마자 사라진 그것이
퇴근 시각이 가까워도 좀체로 돌아오질 않는다
실은 내가 그것을 잊으나 그것이 나를 잊으나
매한가지라는 것을
그것도 알고 나도 안다
우리는 서로 찾지도 않으면서 공생한다

이젠 내가 사라졌다 나중에 나타날 차례다

전철 안에서

너는 내 뒤편의 너를 본다
나도 네 뒤편의 나를 본다
너는 또 내 뒤편으로 강을 본다
나도 네 뒤편의 강을 본다

하루살이가 죽었다고
자전自轉을 멈추지 못하는 지구가 울고
(하루살이는 지구의 것이고, 지구는 하루살이의 것이다)

강江은 흐르고

자전하는 너와
자전을 멈추지 못하는 내가
서로의 뒤편을 본다
우리는 내내 서로를 바라보지 않는다

우는 날

1.
내가 울 때마다 거기엔
내가 없다
우는 나를 볼 수 없기 때문이다

네가 울 때면 거기에도
나는 없다
우는 너를 볼 수 없기 때문이다

우는 너와 우는 내가
서로 울던 때는
눈 깜빡할 사이 지나가고

다음에 올 우는 너와
다음에 올 우는 나를 위해
우는 일도 이젠
잊어야 한다

2.
별로 하고 싶지 않았던 일이지만

나는 지금 홀로
운다

태어나서
지금까지

세상의 모든
지난 사람들,
앞으로의 사람들을 보며
예수 그리스도
당신이 그랬듯
혹은
새와 짐승들이 그러하듯

사라짐에 대한 편지

꽃 피었다 지고 바람 일었다 스러진다
쉼 없는 이곳의 사는 일이란
사는 일에서 맴도는 일
사는 일은 늘 시끄럽기만 하여
누이는 일찌감치 조용히
이곳을 접었다

지기 전의 꽃이 가장 향기롭다고 했던가

햇빛을 보기만 해도 순식간에
푸스스 재로 사라지는 전설의 그 사라짐이
햇빛보다 아름답다

모든 슬픔이란
알지 못할 어딘가에서
알지 못할 어딘가로
흐르는 마음
사라질 몸으로 햇빛 앞에 서는 일
사라짐을 지켜보는 일

4부

깨끗이 세탁해서
집 밖에 내어놓아야지
'필요하신 분, 가져가세요'
써 붙여 두어야지

—「어느 날」에서

기억도 짐이다

강江을 건널 때마다
이편의 나는
저편의 너를 떠나보낸다
나는 점점 가난해져
가난한 기억만 남고
내가 떠난 후에도
떠나지 못할 너 때문에
기억도 짐이다

새는 늘 마지막을 노래한다

그대에게 전할 내 한 마디에는
기쁨도 슬픔도 어울리지 않아
운명이란 걸 생각한다

첫 장부터 마지막까지 읽고 또 읽고
되돌아갈 수도, 앞으로 갈 수도 없지만
이 모든 일의 영문을 알 수 없어도
꿈을 꿀 수 있다는 것

혹 외로우신가? 슬프신가?
새처럼 노래를 불러 주랴
그대의 꿈이 될 작정으로
우리가 알지 못하는 세상에서라도
가장 슬프고 기쁠 때 기억할 작정으로
그대 곁에서야 슬픔도 기쁨도 제대로이니

언덕 위로 눈이 하얗게 덮인다
앙상한 나뭇가지 위로도 눈이 내려 덮인다
백 년 전부터 내리는 눈을 보며
새가 운다

누이 생각

오늘 비 내리고
긴 세월 피워낸 꽃잎들
빗줄기에 떨어져 내리고
내 몸 안 모래시계 무너져 내리고

누이는 제주행 밤배에서
스물두 살 나이에 바다로 걸어 들어갔지

빗소리
새소리
깊이 묻어 두었던 오랜 씨앗 하나
꽃 피는 소리

멀고 먼 하늘 저편
누이 목소리
이편의 내 목소리
만나지 못하고
살구가 익어도 그 손에 쥐여 주지 못하고

서성이는 생각 하나
발 헛디딘다

너에게 난 아무것도 아닌 것 같아
– 색즉시공色卽是空 (7)

새로 길을 튼 지하철 9호선을 타고 가는 출근길
현충원에서 잘 나가다가 샛강엘 이르면
어김없이 열차가 트위스트를 추지

"너에게 난 아무것도 아닌 것 같아
너에게 난 아무것도 아닌 것 같아"

너도나도 덩달아 흔들며 춤을 추다가
역에 내려 걷는 동안에도
앞에서 옆에서 연신 엉덩이들을 흔들어대지

"너에게 난 아무것도 아닌 것 같아"

처음엔 무척 슬펐지만
이젠 춤을 추지 않고선 단 하루도 지낼 수 없을 것
같아

"너에게 난 아무것도 아닌 것 같아"
"너에게 난 아무것도 아닌 것 같아"

이곳과 그곳 사이에는 늘 땅이 흔들리고
그때마다 엉덩이를 흔들며 춤을 추지
하나둘 등燈이 꺼지고 어둠이 가득 찰 때까지

너와 나의 봄

1.
몰래
너와 나 둘만 아는 곳에서
너는 진달래 벚꽃으로 피어나고
나는 봄비로 내리자꾸나

너도 나도 모르게
너에게도 나에게도
들키지 말고

2.
푸른빛 신발을 가지런히 벗어두고
떨어져 내린
꽃들의 곁을 지나면서
한 마디도 말을 걸지 않았다
농담은 더더욱 하지 않았다

열어둔 창문으로
새벽 찬비인가
쏟아져 들어오는 것은

떨어져 누운 꽃들 죄다 일어나는 소리
알지 못할 길로 떠나는 소리

휴대폰 세상 밖으로

젠장, 휴대폰이 없어졌다 세상이 사라졌다

그대도 세상이었구나 고작 휴대폰 하나로 사라지고 마는
그런 세상이었구나

안다 나무도 가지가 없으면 하늘과 만날 길이 없어지는 줄을
세상이 지워지면 내가 지워지고
세상 밖의 나도 세상 밖의 그대도 지워지고 마는 줄을

새로 장만한 휴대폰을 강江에 내던지고 돌아서는
그런 날이 올까 그런 세상, 없어도 좋다고 돌아서는 날이.

그대

왜 이다지도 부대끼는 것인가
세상살이 놓아 보내고 나서
남은 건 이것뿐인데

내 그리움의 정체라도 되는 듯이
늘 내 속에 있는
미웁기도 하고 고웁기도 한

세월 같은
내가 모를 슬픔 같은

눈물 한 방울 뚝 떨어뜨릴 때
그 눈물 같기도 한
그대

세월 2

1.
길 건너편에서 너는 손을 흔들고
길 이편에는 가슴 꾹꾹 누르며
해가 기운다

2.
취해서 전화한다고
미워하지는 마라
취한 가슴이 맴돌다
종내 쓰러지는 곳이
그곳이니

3.
너는 사랑을 해라 나는 술이나 들이켜며 기다리마
오랜 세월 그러하듯 사랑도 흰 국화 한 송이로 남을 때
어두운 눈빛으로 돌아드는 너에게
술 한 잔 부어주기 위해서라도
나는 한 번도 불린 적 없는 노래를 지키며
오래오래 기다리마

〉

발돋움할 때마다 세상은 낮아지고 낮아지는 세상의 지붕 위로
눈이 내리고 눈 내리는 지붕 아래 우리가 기대설 때에
네 눈 속의 세월을 오래도록 들여다볼 이는
나밖에 없다
그러니 사랑하고 또 사랑하렴

두 손에 얼굴을 묻고

그 여름날 26℃와 34℃ 사이에서
열심히 자판을 두드리던
두 손에
얼굴을 묻고

지하철 객차 안 건너편 젊은 여인의
둥근 무릎뼈 속 연골 닳는 소리에
내 뼛속에도 앓는 소리를 내며
사리 한 알 맺히고

소백산 자락에서 자랐을 노각이
하늘 가득 주렁주렁 달려
바라보면 강江
다시 보면 아무것도 보이지 않고
생각하면 다시 강江인데
생각을 베어 넘기는 바람 저벅저벅
내 몸을 밟고 지나고

생각날 때마다 그대 얼굴 더듬던
아무것도 쥐려 한 적 없는

두 손에

얼굴을 묻고

은행나무 햇빛

은행나무 노란 잎 사이에서 쏟아지는 빛은 건너편 건물의 유리창에서 창에 비친 아침 해에서 쏘아져 나온다 내 모두를 비추는 햇빛을 찾아 들어가면 그곳에 네가 있다 하루는 아침에서 아침은 밤으로부터 따스한 밤은 너에게서 온다 나의 날들은 너에게서 온다 탈피를 하듯 일 년에 한 번씩은 새로운 날이 오고 그때마다 너는 아름다워진다

눈물

길을 가는데 아니 길을 가는데
자꾸만 바지 끝자락에 매달리는 소리
나는 안다 나고 죽는 일쯤
괴롭고 즐겁고, 슬프고 기쁜 일쯤
다 안다

가던 길 계속 가려는데 아, 또
밤에 달빛 내리고 아침에 새 울고
한편 새순 돋고
한편 꽃 지는 줄
내 다 안다

에잇 가던 길을 돌아서면
아아 돌아서면
길바닥에 누워 숨을 헐떡이는
시든 장미
향기에 눈물이 난다

눈물은
모두 다 안다

어느 날

하루살이가 저만한 세상을
비좁다 휘젓고 다닌다

좌충우돌하는 오욕칠정을 사로잡아
냉동실에 꽁꽁 얼려두고
어느 날
주머니란 주머니는 남김없이 뒤져
꼬깃꼬깃한 꿈들을 끄집어낸다

깨끗이 세탁해서
집 밖에 내어놓아야지
'필요하신 분, 가져가세요'
써 붙여 두어야지

어제 같은 오늘
– 혼불, 미로에 갇히다

한낮 중랑천에는
세상 밖 세상들
수많은 혼불
반짝이며 출렁이고

함께 흔들리다
돌아 나오려는데
멀미가 나도록 걸어도
나갈 길이
없다

봄밤에
살구로 빚은
술을 마시며
살구꽃을 기억한다
저마다 갇힌 혼들이
꽃을 피우고 있었다

* 중랑천 : 서울시 성동구에 흐르는 하천

안팎의 풍경들

유리창에는 늘 안팎의 풍경이 포개져 있어

얼린 막걸리는 얼음인가 막걸리인가
흐르는 물에 손을 담그면 물이 흐르고
온몸을 담그면 내가 흐른다

고추 상추 방울토마토
를 딴다
시간의 반면半面에서는 익어가고
다른 반면에서는 시들어가는 것들

창밖 어둠 깊어가는 소리 구름 흐르는 소리
머나먼 어딘가 들릴 듯 말 듯 천둥소리
덩달아 방 안 공기 일렁이는 소리
몸 깊은 어딘가로 잦아드는 벼락소리
수군수군 온갖 것들 소리
또 하루가 다가오는 발걸음 소리
모든 소리 안에 감추어진 소리들
소리 밖으로 쫓겨난 소리들
분꽃 향기 별의 향기

〉

고추 상추 방울토마토를 따는

손이 보는 것들 듣는 것들 냄새 맡는 것들

그 안팎의 풍경들

떠나는 것들은 눈부시다

아침햇살 부드러운 손길로 머릴 감기고
겨드랑이, 발바닥까지 씻기고 난 도시는
고해성사告解聖事 뒤의 얼굴이다
강에 흘려보낸 눈물들 밤새 뒤척이다
태어나는 햇살이다

망각의 강을 건너지 못한 발자국들 위로
비 내리고 바람 불면
나뭇가지에서 우우 떨어지는 저 많은 기억들
생명의 불을 지피는 마른 잎들

올가을의 잦은 비는
죽은 아비와 누이가 나를 그리며 써 보내는 편지
명쾌한 죽음에 대한 답장은 쓰지 못하고
비 내릴 때마다 물빨래한 옷처럼 줄어드는 세상
내 지도는 어느새 손바닥만 한데
세상은 늘 한 뼘 밖의 일
밀어내어도 밀려드는 어둠
백날 길을 떠나도
네게 한 뼘도 다가서지 못하는데

〉

하늘 저편 내 사랑하던 것들이

햇살 같은 날갯짓으로

떠나고 있다

작가마을
시인선
064

저 무수한 빛
가운데 빛으로

시집해설

아무것도 소유하지 못한 자의 단단한 슬픔

김정수(시인)

아무것도 소유하지 못한 자의 단단한 슬픔

김정수(시인)

배동욱의 시 세계는 '낯익은'과 '낯선' 풍경의 '중간'에 놓여 있다. 시인의 독특한 시선이나 행위, 사색에 의해 생겨난 중간지대는 이쪽과 저쪽을 함께 아우르는 폭넓은 세계를 지향한다. 중간지대라 했지만, 그 세계는 공간의 개념보다는 시간(기억)과 삶의 가치, 시적 방향에 더 가깝다. '낯익은' 풍경은 삶의 뒤쪽에, '낯선' 풍경은 앞에 놓여 있는데 시인은 양쪽을 조망하는 자리에서 이상과 현실, 이성과 감성, 의식과 무의식, 삶과 죽음 등 다채롭고도 농밀한 시적 세계를 구축한다. 시인은 어느 한쪽에 치우치지 않는, 자유로운 듯 자유롭지 않은 묘한 시적 태도를 견지한다. '자유로운 구속'이라는 말이 적합할 듯하다. '자유로움'은 사고의 새로움이나 거칠 것 없는 시적 표현, '구속'은 시간과 기억, 생존에서 비롯된 것으로 해석할 수 있다. 이 역설의 세계를 따라가다 보면 한 개인의 삶의 무늬에서 파생된 바람, 강, 바다, 나무, 길,

문, 술, 소리 같은 시어를 수시로 만날 수 있다. 하나의 시어에는 그 시어가 가지는, 파생된 의미뿐 아니라 시인의 시각과 삶의 내력이 함축되어 있음은 당연하다. 여기서 감지되는 것이 '낭만'이라는 감성적 시어다. 정훈 문학평론가는 첫 시집 『아르고스, 눈을 감다』(작가마을, 2020) 해설에서 "시인의 사유를 둘러싸고 있는 감성의 빛깔은 대체로 낭만적"이라고 평했다. 첫 시집에서 낭만이 사유의 바깥에 놓여 있었다면, 이번 시집에서는 사유의 바깥이 아닌 경계나 안쪽에 위치한다. 이런 변화는 시간의 흐름에 따른 한결 성숙한 삶의 태도와 사유의 깊이에서 기인한다. 낭만과 사유, 어찌 보면 어울리지 않은 이 두 개념은 논리적으로 보면 모순일 수 있지만, 감성적으로 접근하면 상호보완적이라 할 수 있다. 역설의 시어는 겉의 의미는 모순이지만, 그 모순 속에는 정작 시인의 속내가 응축되어 있다. 이는 앞에서 언급한 '낯익은'과 '낯선' 풍경의 '중간'과도 일맥상통하는 개념이다.

배동욱 시인은 '시인의 말'에서 "바람이 시키는 대로 손가락을 펴니 바람이 잡힌다"고 했다. 실체가 있는 물건을 손으로 잡으려면 손가락을 오므려야 한다. 하지만 실체가 없는 바람을 잡으려면 반대로 손가락을 펴야 한다. 하지만 실체가 있든 없든 손가락을 펴면 아무것도 잡을 수 없다. 한데 "바람이 시키는 대로"라는 전제조건이 붙어 있다. 내 의지가 아닌 바람의 의지라야만 바람을 잡을 수 있다는 뜻이다. 여기서 주목할 것은 시인이 잡은 바람은 겉으로 드러난 바람이 아니라 바람의 본질이나 진리라 할 수 있다. 또한 잡으려 하면 잡을 수 없고, 마음을 비워야만 잡을 수 있다는 의미가 된다. “바람이 잡힌다”는 말은 불교 경전 모음집 『숫타니파타』의 “그물에 걸리지 않는 바람처럼”이라는 문장을 떠올리게 한다. 이 문장의 앞에는 “큰 소리에도 놀라지 않는 사자처럼”, 뒤에는 “물에 젖지 않는 연꽃처럼”, 그리고 “저 광야를 가고 있는 무소의 뿔처럼 혼자서 걸어가라”로 마무리한다. 이를 감안할 때 시인은 사자처럼 위엄 있게, 바람처럼 자유롭게, 연꽃처럼 고고하게 혼자서 ‘시인의 길’을 걸어가겠다는 경건한 선언과 다름없다.

“시간은 허기진 짐승”(「엑소더스Exodus 2」)과 다름없는지라 “낡은 몸”(「바람의 문(門)」)의 시인은 자주 길을 떠난다. 길 위에 선 시인은 앞쪽을 보기보다 자꾸 “뒤편을 본다”(「전철 안에서」). 시인의 떠남은 일상의 답답함과 “비워낸 가슴”(「그리움으로 죽는 바다」)을 채우는 일, “늘 내 속에 있는”(「그대」) 그리움을 혼자 대면하기 위함이다. “흐르는 마음/ 사라질 몸으로 햇빛 앞”(사라짐에 대한 편지)에 섰다가 사라진 것들과 사라질 것들을 고요히 지켜보기 위함이다. “잘못 내린 낯선 정거장”(빈 들이 되어)에서의 막다름이 정겨운 것은 그리움의 대상과 늘 동행하기 때문이다. 그러면 여기서 “맑은 날의 슬픔(이) 모여/ 젖은 길 자꾸 적”(「흐린 날의 편지」)시는 시인의 여정에 동참해 보자.

내리고 타고 타고 내리고

타고 내리고 내리고 타고

승강장 옆에서 그 모양 지켜보며

어지럼증에 이마를 짚고 섰던

지하철역 옷가게

어느 날 내려진 옷가게 문에

붙은 안내문,

'계약 종료'

이 염천炎天에

얼마나 시원한 한 마디인가

계약 종료 따위 아랑곳없다는 듯

오늘도

내리고 타고 타고 내리고

—「계약 종료」 전문

시집 맨 앞에 놓인 이 시는 타인의 삶에 무관심한 현대인과 자본주의 생리를 "지하철역 옷가게"를 통해 형상화하고 있다. 숨은 화자는 지하철 "승강장 옆에서" 사람들이 기계적으로 열차를 "내리고 타"는 모습을 관찰한다.

'지하'라는 공간은 더 이상 물러설 곳 없다는, '옷'은 생生의 치부를 더 이상 가릴 곳이 없다는 절박성을 상징한다. '승강장'은 타인과 타인이 스쳐지나는, 옷깃의 인연이면서 인연도 아닌 아이러니한 장소다. 승강장에 열차가 들어올 때마다 새로운 사람들, 혹은 같은 사람들(출근 시간이 비슷해 늘 같은 시간대에 같은 곳에서 타는)이 "내리고 타고 타고 내리"는 행동을 반복한다. 시인은 의도적으로 화려한 수사나 기교를 배제한 채, 사람들의 단순하고도 반복적인 행동 양태를 보여줌으로써 말하고 싶은 게 무엇인지 그 의도를 드러낸다. 특히 1연의 "내리고 타고 타고 내리고"와 "타고 내리고 내리고 타고"는 많은 의미를 내포하고 있다. 언뜻 보면 사람들의 반복된 행동을 표현한 듯하지만, 시간과 속도가 개입하면 이야기는 달라진다. 1행이 아침이라면, 2행은 저녁이다. 1행이 연초라면, 2행은 연말이다. 또한 1행이 인생의 초반이라면, 2행은 인생의 후반에 해당한다. 사람들이 타고 내리는 사이에 시간이 흐른다. 각자의 생이 흐르는 것이다. 그 속도는 타고 내리는 사람들의 개인 사정과 생체리듬에 달려 있다. 옷가게(혹은 주인)는 잠재적 고객을 관찰하는 반면 승강장을 이용하는 사람들은 옷가게에 관심이 없다. 옷가게뿐 아니라 같이 열차를 이용하는 사람들끼리도 무관심하다. 이러한 무관심은 "계약 종료"에서 "시원한 한 마디"라는 냉소(역설)로 표출된다. 늘 지나다니는 옷가게가 문을 닫아도, 세상은 순환선 지하철처럼 멈추지 않고 잘도 돌아간다.

밤낮 같이 숨을 쉬고 같이 일을 해도
이 도시의 아무것도
내 것이 아니다
눈길이 닿는 것들을
내 것이라 우기고 싶다가도
어림없는 생떼인 줄 안다

아무것도 갖지 못한 나는
아무것도 아닌 것이 되어 가는데
내가 나를 가질 수도 없어
언젠가는 앗기고야 말 시간들만
별처럼 깜빡일 뿐
내가 내 것이 아니므로 외로운 줄을
이제야 안다

－「타인他人의 세상」 전문

주변 상황에 아랑곳하지 않는, 무관심한 사람들의 다른 명칭은 '타인'이다. 극단적으로 말하면, '나' 이외에는 다 타인이다. 하지만 내가 지금 여기 있는 것은 비교 대상이 누군가가 있기 때문이다. 내 삶과 타인의 삶이 조화와 대립하기 때문에 서로 존재할 수 있는 것이다. 나와 타인 간에는 일정한 관계와 간격(거리)이 작용한다. 관계가 친밀할수록 거리는 가깝고, 사이가 멀수록 관계도 서먹하다는 점에서 이 둘은 같은 선상에서 움직인다. 인용시에서 관계와 거리는 "밤낮 같이 숨을 쉬고 같이 일"을 하는 것으로 나타난다. 즉 밤낮으로 붙어 있다는 간격(또는 관계)과 같은 공간에서 같이 숨을 쉴 뿐만 아니라 같이 일을 하는 친밀한 관계라는 것이다. 하지만 시적 화자 '나'의 관심 사항은 관계나 간격이 아닌 도시에서의 '소유'다. "아무것도/ 내 것"이 없는 도시에서 살아간다는 건 불가능하다. "눈길이 닿는 것들/ 내 것"이라 아무리 우겨도 내 것이 될 수는 없다. 물질적 소유가 없으면, 관계도 없다. 다 그렇지는 않겠지만, 물질 만능의 자본주의 사회에서는 물질이 관계를 형성하기 때문이다. 한데 내가 "갖지 못한", "아무것도 아닌 것"은 물질적인 것보다 정서적인 것으로 더 기울어 있다. 또한 나 자신조차 "내 것이 아니"라는 자각은 외로움이 틈입할 수 있는 여지를 제공한다. '나도 타인'이므로 이 세상에는 '나'는 없고 '타인'만이 존재한다.

일하는 틈틈이 사무실 복도로 나와
창에 붙어 서서 밖을 내다보면
창밖 세상이 삼투압처럼 밀려 들어와
이편의 내 자리를 다 차지하고
나는 이방인이거나 기껏 세입자에 지나지 않는다

내가 성경이나 반야심경을 여는 것이
세상에서 살기 위함이라고 말한 적 없다
(내가 예수이고 부처라도 견딜 수 없는 일은 이 세상에서 사는 일이다)
다만 시시포스보다 교활한 얼굴로
성경이나 반야심경을 털어내는 것이다

문을 열어다오
문을 열어다오

나는 수천 년간이나 아직
문을 여는 주문呪文을 찾아내지 못했다

–「엑소더스Exodus 1」 전문

길바닥에 노란색 빗금을 친
삼각형 또는 사다리꼴 모양의 도어
세이프티존이라 부르는 앨리스의 문門
지은 지 오래된 건물에는
눈에 보이는 것보다 수십 배나 많은 문이 있어서
저마다 주인을 잃은 기억들이
밤낮없이 수선스레 드나든다
어쩌면 내 낡은 몸에도
저처럼 많은 문이 있어
나도 모르는 수많은 기억이

서로 스칠 때마다
우수수 바람소리를 내는지 모른다

– 「바람의 문門」 전문

'나'도 타인인 낯선 세상이라도 일을 해야만 생존할 수 있다. 같이 일하는 사람들이나 공간도 '낯익은'과 '낯선'의 경계에 존재한다. 마음 깊이 틈입한 혼자라는, 외롭고 쓸쓸한 감정은 관계와 사람들을 바라보는 시선에도 영향을 미친다. 일하다가 "틈틈이 사무실 복도로 나와" 밖의 세상을 관찰하는 것은 앉아 있는 자리 또한 낯선 공간으로 다가오기 때문이다. 첫 번째 인용시에서 겉으로 드러나지 않는 관계와 간격은 "삼투압처럼 밀려 들어"오는 창밖 풍경으로 변주된다. 「타인他人의 세상」에서는 소유할 수 없거나 소요한 게 없었다면, 이 시에서는 "내 자리"마저 빼앗긴다. 자리는 단순히 사람이 차지하고 있는 공간이 아닌 사회적 지위와 환경 그리고 그에 따른 경제적 가치를 제공한다. 따라서 자리가 없어진다는 것은 그동안 누렸던 지위와 경제 그리고 급격한 일상의 변화를 예고한다. 스스로 자리를 내준 것이 아니라 타의에 의한 것이므로 충격이 상당할 것이다. 하지만 시인은 충격을 겉으로 드러내지 않고 안으로 흡수하는 냉철한 자세를 견지한다. 다만 제목 「엑소더스Exodus」와 '삼투압'을 통해 혼자만이 아닌 대량 해고가 있었고, 그 과정과 충격이 상상 이상이었음을 암시한다. '이방인'이 의미하는 것은 첫

째는 자리가 없어진 직장에서 느끼는 이질감이다. 둘째는 출퇴근이 사라진 일상에서 느끼는 낯선 감정이다. 셋째는 집과 직장 이외의 사회에서 감지되는 시선에 대한 반응이다. 마찬가지로 '세입자'는 직장과 가정에서 아무것도 소유할 수 없거나 그런 상태를 의미할 수 있다. 갑자기 불어닥친 (아마도) 정리해고로, "성경이나 반야심경을 여는 것"은 종교적 접근이나 삶의 방편이 아닌 것으로 보인다. 한데 시인은 왜 "이 세상에서 사는 일"을 견딜 수 없다고 했을까. 갑자기 자리에서 물러난 것에 대한 서운함, 소유하지 못한 것에 대한 아쉬움, 세상에 나 혼자뿐이라는 근원적인 외로움, 시시포스처럼 교활하지 못한 심성 등 다양한 이유가 있을 수 있다. 어쩌면 갑자기 많아진 시간의 무료함 때문일 수도 있다. "주문呪文을 찾아내지 못"해 열지 못한 문은 또 무엇일까. "수천 년간"이라는 시간과 경전 그리고 삶이 가리키는 방향은 죽음으로 향하고 있다.

첫 번째 인용시 「엑소더스Exodus 1」의 문이 '죽음'을 암시한다면, 두 번째 인용시 「바람의 문門」은 "앨리스의 문門"과 건물 출입문 그리고 "내 낡은 몸"에 난 문 등 다양한 문이 등장한다. 문은 기본적으로 공간의 경계나 출입하는 곳에 설치하기 때문에 독립적으로 존재하지 않는다. 이쪽에서 저쪽의 영역과 경계 지점에서 열리고 닫힌다. 구조에 따라 일방이나 쌍방으로 열려 있고, 장소에 따라 드나드는 사람을 구별한다. 문도 자리와 마찬가지로 지위를 판별한다. 도로의 "노란색 빗금을 친/ 삼각형 또 사각형 모양"은 '안전지대'를 의미한다. 비상시 보행자나 차량의 피난처로 활용한다. 시인은 이곳을 "앨리스의 문門"이라 명명한다. 루이스 캐럴의 동화『이상한 나라의 앨리스』에서 토끼를 따라 굴속으로 들어간 앨리스가 이상한 나라에 도착해 겪는 신기한 모험을 염두에 둔 것으로 생각된다. 문명의 이기인 차량이 질주하는 도로 한복판에 서 있으면 이상한 나라에 온 듯한 착각이 들기 때문이다. 시인의 시선은 곧장 "오래된 건물"로 옮겨간다. 하지만 문으로 향하던 시선은 오랜 세월 동안 건물을 드나들었을 사람들의 기억을 소환한다. "주인의 잃은 기억들" 속에는 시인의 기억 또한 포함되어 있다. 하여 건물처럼 오래된 "내 낡은 몸"에서 문을 찾을 수 있는 것이다. 오래된 건물과 낡은 몸이 만들어낸 풍경은 수선스러우면서 스산하다. "가슴 두드리는 빗줄기에도/ 문門 열지 않고"(「봄, 세상」) "서로 스칠 때마다/우수수 바람소리"를 낸다. 시인이 열고자 하는 문은 희망이기보다 공허하고 허무하다.

1.

리모컨 쿡

해가 뜬다

쿡

해가 진다

다시 쿡

달이 뜬다

별이 뜬다

또다시 쿡

바람이 분다 나무가 자란다

소리 조정 쿡

비행기 소리부터 풀벌레 소리까지 다 들린다

반복 쿡

무수한 아침이 생겨나고 또 생겨난다

그럼 어디 돈 쿡

어디 사랑 꾸욱

– 「에피소드Episode」 부분

세밀한 관찰과 세세한 진술 대신 연관 시어의 배열을 통한 시적 전개는 행간이 넓은 특징을 보이는 바, 이는 배동욱 시작詩作의 특징 중 하나다. 화려한 수사나 상상, 몽환적 요소가 적어 시가 단순해 보일 수 있으나 상징적인 시어와 연상작용과 역설이 넓은 행간을 채워 오히려 읽는 맛을 배가한다. 지금까지 읽은 시들이 여기에 해당하는데, 인용시 「에피소드Episode」는 여기에 풍자와 해학을 첨가해 진한 페이소스Pathos를 유발한다. 이 시는 리모컨 하나로 모든 것을 조종한다는 점에서 프랭크 코라

치 감독의 영화 〈클릭〉을 떠올리게 한다. 영화에서 만능 리모컨으로 빨리 감고, 되돌리고, 정지하는 등 마음대로 내 인생을 조종하는 것처럼 이 시의 화자도 리모컨으로 해를 뜨고 지게 하고, 달과 별을 뜨게 한다. 또 바람을 불게 하고, 나무를 자라게 한다. 소리를 조종하면 "비행기 소리부터 풀벌레 소리까지 다" 들을 수 있다. 심지어 '반복'을 누르면 "무수한 아침이 생겨나고 또 생겨"나는 기적을 행할 수 있다. 이쯤 되면 전지전능한 신神과 다름없다. 한데 '돈'과 '사랑'을 쿡 누르면 어찌 될까. 돈이 생겨나고, 사랑하는 사람을 만날 수 있을까. 사실 이 시의 시적 상황은 "죽지도 못하는 고단한 얼굴"을 한 직장인의 하루(인생)를 상징한다. 인용 부분에서 내 삶이지만, 내 의지가 아닌 만능 리모컨을 가진 신의 뜻에 따라 움직이는 꼭두각시 같은 삶을 풍자하고 있다. 이후 리모컨으로 조종한 상황을 변용 확장하거나 구체적으로 적시한다. 가령 "해가 뜬다"는 아침마다 "고단한 얼굴로 고개를 든다"로, 폴 발레리의 〈해변의 묘지〉 "바람이 분다, 살아야겠다"를 차용한 "바람이 분다 나무가 자란다"는 "명확한 그 속에서 살 수가 없다면/ 떠나야 해"로, "그럼 어디 돈 쿡"은 "호주머니에 손을 넣어도/ 지난밤 꿈속에서 잃어버린 퍼즐 조각은 만져지지 않는" 것으로, "어디 사랑 꾸욱"은 "나란히 앉아 한 방향을 본다고 믿었다가 실은/ 그저 마주 보는 것에 지나지 않는다는" 것으로 실체를 슬쩍 보여준다. 이 시는 새벽부터 늦은 밤까지 반복해서 일

해야 하는 먹고살 수 있는, 그렇게 열심히 일해도 가난한, 사랑조차 상실한 현대인의 삶을 신랄하게 풍자하고 있다.

방과 마루를 오가며
방과 마루를 오가는
소리는 남고
나는 사라진다

밀물인가 밤이 다가서면
뒷걸음질로 밀려나
오슬오슬 잊혀 가는
소리

그러나 아침 햇살 들고
눈길 저만치 잠잠히 선
날갯짓 소리 어림의
그 끄트머리

한 사람이
강江 가운데 앉아
젖는다

사랑도

물 밑으로

물 밑으로 내려가

소리 없이 흐르는 세월

몰아치는 바람

안으로만 흘려내는

선善하기만 해라

강江의 눈

-「소리, 이미지」 전문

여기 "방과 마루를 오가는" 사람이 있다. 방에서 마루로, 마루에서 방으로 짧은 거리를 시간 가는 줄 모르고 바장거린다. 무엇 때문인지, 그 이유를 알 수는 없지만, 자신을 잊을 만큼 생각에 골똘하다. "나는 사라"지고, 공간에 발걸음 소리만 울린다. 밀물처럼 밤이 찾아오자 소리마저 잦아든다. 자려고 자리에 누웠지만, 잠이 오지 않는다. 생각이 자꾸 "뒷걸음질로 밀려"난다. 밤새 고민한 결과는 "오슬오슬" 잊는 것이다. 선명했던 소리가 점차 사라지자, 그 자리에 사라졌던 내가 돌아온다. 하지만 그 결심은 아침 산책길 "눈길 저만치"에서 들려오는 "날갯짓 소리"에 깨지고 만다. "어림의/ 그 끄트머리"에서 들려오는 소리에 속절없이 무너진다. 흔적도 없이 결심이 사라진 것은 "강江 가운데 앉아/ 젖는" 사람 때문이다. 아니다. 아침 햇살에 들리는 "날갯짓 소리"에 나는

다시 사라지고, 소리만 남은 것이다. 하여 강물처럼, 아니 강물이 되어 하염없이 울고 있는 것이다. 사랑 때문에 방과 마루 사이를 오가고, 밤새워 뒤척인 것이다. "물밑으로" 흐르는 사랑은 그리움이다. 잡을 수 없는, 그냥 속 깊이 흘려보내야 하는 사랑이다. 사랑은 기다림의 시간 안에 존재한다. 나를 잊고, 내 안에 사랑하는 사람의 소리로 채우는 일이 사랑이다.

> 혼魂들 아지랑이로 피어오르지도 못하는
> 마른 땅에서
> 그처럼 참담한 사랑 다신 하지 말고 그저
> 강으로 바람으로 흘러라
>
> —「나무 이야기 2」 부분

> 매양 머뭇거리기만 하는
> 이 서툰 사랑은 무언가?
> 우리의 서툴디서툰 입맞춤으로도
> 새처럼 날아오르는 사랑을 만들 수 있을까
> 죽음보다 무거운 중력의 세상에서
>
> —「하루」 부분

> 같이 살다 같이 죽는 게 사랑이다
> 꼬드겨
> 새장 속 백문조로 나란히 앉아

노래를 한다

(중략)

그러다 누구에게라도

막걸리 한 잔 따라 건네고 싶은 밤

멀어져 간 거리가 남겨둔 곳에서

울컥울컥

술 들이켜는 밤

―「늦은 봄날 저녁」 부분

하지만 오래 기다리는, 함께하지 못하는 사랑은 '참담'하다. 낭만이 끼어들 여지를 주지 않는다. "매양 머뭇거리기만 하는", 일정 거리에서 바라만 보는 서툰 사랑은 죽음보다 깊은 상처를 남긴다. 시인은 그런 사랑 "다신 하지 말고 그저/ 강으로 바람으로" 흐르라고 충고한다. 이상적인 사랑은 "같이 살다 같이 죽는" 것이지만, "꼬드겨" "나란히 앉아/ 노래를" 하는 사랑은 사랑이 아니다. 사랑은 혼자가 아닌 둘이다. 한 사람만의 일방적인 사랑은 다른 한 사람에게 불행을 초래한다. 꼬드기는 순간 불행의 씨앗이 움튼다. 같이 있는 것 같지만, 서로 다른 곳에 존재한다. "꽃보다 고왔"던, 아름다웠던 시절을 회상하다가 현재보다 더 오래 과거에 머문다. 같은 방향을 보는 듯하지만, 다른 방향을 바라보고 있다. 같은 공간이지만, 같은 공간이 아니다. 결국 "이편의 나는/ 저편의 너를 떠나"(「기억도 짐이다」)보내는 선택을 할 수밖에 없다. "떠나보내지 않으면"(이하 「술 깨기 전에」) "흐르는 세상 어디에도 머물 수 없"음을 잘 알기 때문이다. "멀어져 가는" 사람을 보면서 "멀어져 간 거리가 남겨둔 곳"에서 술 한잔 기울이고 싶은 마음이 드는 것은 당연하다.

1.
마지막 날

어느 날 아침
사랑이
떠나간 발자국을 보거든

침묵할 것

2.
자라면

그리움이 자라면
외로움이 자라면
밥이 된다
술이 된다

내색하지 말 것

-「짧은 노래」 전문

사랑과 이별의 거리가 만들어내는 낭만적 허무는 술을 동반한다. 하지만 "술 깨면 사라지고 마는 길"(이하 「술 깨기 전에」)에서 '길'이 상징하듯, 술은 이별의 아픔이나 쾌락, 망각을 위해 마시는 것이 아니라 새로운 길로 나서기 위한 하나의 방편이다. 술에 취하면 이상 · 감성 · 무의식이 지배하는 '낯선' 세상이고, 술에서 깨면 현실 · 이성 · 의식이 지배하는 '낯익은' 세상이다. 하지만 술이 깨면 오히려 길은 사라지므로 역설이다. 인용시 「짧은 노래」에서는 이별의 상처에 눈물 흘리거나 감성에 젖기보다 적막한 분위기를 자아낸다. 심지어 "바삭거리는 슬픔"(「창밖을 그리다」)에 영원히 "침묵할 것"만 같다. 배동욱의 시가 반어와 역설을 종종 사용한다는 점을 감안하면, "그리움이 자라면/ 외로움이 자라면/ 밥이 된다/ 술이 된다"는 표현은 그리움과 외로움으로 오랜 세월을 술로 견뎠다는 것이라 해석할 수 있다. 하지만 이를 "내색하지" 않고, 끝내 침묵한다. 절제된 감정이 빚어내는 단단한 세계의 이면에는 낭만과 허무가 짙게 배어 있음을 부인할 수 없다.

시인은 두 번째 시집 『저 무수한 빛 가운데 빛으로』의 맨 앞에 「계약 종료」, 마지막에 「떠나는 것들은 눈부시다」를 배치했다. 전자는 첫 시집(『아르고스, 눈을 감다』) 계약 종료, 즉 '계약'은 이전의 시 세계를 이어받는 한편 '종료'는 새로운 세계를 추구하려는 의지를 드러낸다. 후자는 제목이 암시하듯, 떠나는 것들(사랑하던 것들)의 아름다움, 즉 시집을 마무리하는 의미를 담고 있다. “나란히 앉아 강의 깊이를 들여다보는” 시인은 “비워낸 나의 뒷모습이 멀어져 가는 것을 오래 지켜”('시인의 말')볼 것이다. 그 모습이 사라질 즈음 더욱 단단해진 슬픔을 들고 불쑥 세상에 나타날 것이다. 그를 기다리면서, 빼어난 시 한 편으로 이 글을 닫는다.

강江 속 깊은 곳에서 자라는 물풀이
강을 붙잡아 매는가
물풀보다는 강의 깊이일 터이다

강에는 어김없이
흐르지 않는 깊이가 있다

흐르지 않는 것은
잠드는 일
지금까지의 시간을 내려놓는 일
신발을 가지런히 벗어놓는 일

산다는 것쯤
나란히 앉아 강의 깊이를 들여다보는 일

－「강江의 깊이」 전문

작가마을 시인선

01	유병근 시집	엔지세상 (최계락문학상)
02	이중기 시집	다시 격문을 쓴다
03	변종태 시집	안티를 위하여
04	정대영 시집	不二門
05	지운경 시집	결실
06	이한열 시집	누구나 한편의 영화를 품고 산다
07	김형효 시집	사막에서 사랑을
08	정춘근 시집	수류탄 고기잡이
09	이상개 시집	파도꽃잎 (우수도서)
10	정선영 시집	디오니소스를 만나다
11	전홍준 시집	나는 노새처럼 늙어간다
14	박병출 시집	(근간)
15	유병근 시집	까치똥
16	정춘근 시집	황해 (북한 사투리 시집)
17	유병근 시집	통영벅수
18	배재경 시집	그는 그 방에서 천년을 살았다
19	이원도 시집	장자와 동행
20	유병근 시집	어쩌면 한갓지다
21	오원량 시집	사마리아의 여인
22	김선희 시집	아홉 그루의 소나무
23	김시월 시집	햇살을 동냥하다
24	김석주 시집	함성
22	금명희 시집	어쩌면 그냥
26	류선희 시집	사유의 향기
27	김선희 시집	가문비나무 숲속으로 걸어갔을까
28	양왕용 시집	천사의 도시, 그리고 눈의 나라
29	신옥진 시집	혹시 시인이십니까
30	김석주 시집	뿌리 찾기
31	김명옥 시집	홀씨 하나가 세상을 치켜든다
32	정소슬 시집	걸레
33	이진해 시집	왼쪽의 감정

34	김정순 시집	불면은 적막보다 깊다 (부산시협상)
35	김화자 시집	침묵의 뒤
36	김덕남 시집	그리움의 깊이
37	손애라 시집	내 안의 만다라 (부산시협상)
38	김희영 시집	사랑하다가 기다리다가 (영축문학상)
39	류선희 시집	바람개비
40	강준철 시집	외로운 새로움
41	이나열 시집	우물 속에서 뜨는 달
42	이금숙 시집	그리운 것에는 이유가 있다
43	김화자 시집	아들은 지금 출장 중이다
44	김형효 시집	불태워진 흔적을 물고 누웠다
45	강달수 시집	쇠박새의 노래
46	박미정 시집	소년의 휘파람 (부산시인협회상)
47	정선영 시집	슬픔이 고단하다
48	고윤희 시집	양탄자가 떠있는 방
49	배동욱 시집	아르고스, 눈을 감다
50	염계자 시집	열꽃을 지운다
51	이소정 시집	토담너머 포구나무
52	조규옥 시집	기억은 그리움을 들춘다 (부산시협상)
53	문인선 시집	땅땅 땅
54	김새록 시집	꼬부라진 비명이 잘려나갔어
55	정선영 시집	책상 위의 환상
56	보 우 시집	화살이 꽃이 되어 (실상문학 대상)
57	정은하 시집	달보드레하고 칼칼칼하고 짭짤하고
58	배재경 시집	하늘에서 울다
59	김종태 시집	넉넉한 시계
60	이명희 시집	나에게 묻는 나의 안부
61	정선영 시집	빨랫줄에 걸터앉아 명상 중입니다
62	박숙자 시집	그리우면 그리운 대로 살아가겠지
63	이창희 시집	어제 나는 죽었다
64	배동욱 시집	저 무수한 빛 가운데 빛으로